John M.

Tango mit dem Teufel

In Manere

FSC
www.fsc.org

John M.

Tango mit dem Teufel

In Manere

Dieses Buch wurde mit großer Sorgfalt geschrieben.

Für Folgen von Entscheidungen, welche Menschen nach dem Lesen dieser Story treffen, ist der Autor nicht verantwortlich. Das gilt ebenso für mögliche Auswirkungen oder Schäden, die auf Fehler oder Unrichtigkeiten zurückzuführen sind.

1. Auflage,2024

c/o Werneburg Internet Marketing und Publikations- Service

Philip-Kühner-Str. 2

99817 Eisenach

www.tangomitdemteufel.de

Umschlaggestaltung: Melanie Jungierek, www.lektorat-jungierek.de

Umschlagbild: Manuela Bößel, www.tangofish.de

Lektorat & Korrektorat: Claudia Fluor, www.schreib-weise.ch

Satz & Layout: Melanie Jungierek, www.lektorat-jungierek.de

ISBN-Print: 978-3-00-076938-2

ISBN-E-Book: 978-3-00-078815-4

Die Deutsche Nationalbibliothek verzeichnet diese Publikation in der Deutschen Nationalbibliografie, detaillierte bibliografische Daten sind im Internet über http:b24.d-nb-de abrufbar.

Herstellung und Verlag: BoD – Books on Demand, Norderstedt

ISBN: 9783759720979

Kapitel 1

Mögen Sie warten?

Die alten Römer hatten eine Redewendung: »Tempus fugit«, was etwa bedeutet wie: »Die Zeit flieht«.

Sie hatten damals keine Uhren, liebten es dennoch, ihre Zeit optimal zu nutzen. Das hat sich bis heute nicht geändert.

Meine Pünktlichkeitsolympiade habe ich soeben gewonnen.

Wir beeilen uns, um rechtzeitig an einem Ort zu sein, um dann pünktlich mit dem Warten anzufangen. In vielen Fällen ist das so. Das klingt auf irgendeine Art paradox.

Ohne Verspätung zu erscheinen, ist ein Merkmal einer durchdachten Organisation und vor allem Zeichen des Respekts. Das Rennen durch den Regen hierher in dieses Café forderte seinen Tribut. Ich bin klatschnass.

Würde ich meinen Hut absetzen, wäre das Lokal überschwemmt.

Ich tropfe wie ein nasser Pudel – doch ich war pünktlich. Und jetzt heißt es warten.

Sind Sie voller Neugier zu erfahren, auf wen ich hier treffen werde?

Nennen wir sie eine Informantin, die brisante Details zu verschiedenen Vorgängen hat, über die ich einen Artikel für meine Redaktion schreiben darf. Das behauptete sie am Telefon, ohne mir ihren Namen zu verraten. Es handelt sich um eine professionelle Informantin, denn ich erhielt genaue Instruktionen.

Garantiert deshalb, weil ich sie vorher nie zu Gesicht bekommen habe, vermute ich. Unsere Verabredung solle nirgends erwähnt werden. Den Termin und den Treffpunkt nirgendwo eintragen oder aufschreiben, schlicht merken.

Meinen Wagen weit weg vom Treffort parken. Besser, überhaupt nicht mit dem Auto zum verabredeten Ort fahren, sondern laufen. Am Café vorbeigehen. Einige Meter. Dann zurücklaufen und beobachten, ob mir jemand folge. Das seien die Mindestanforderungen, die es einzuhalten gelte, um Überraschungen vorzubeugen.

Ein kleiner Marathon war es, hierher zu gelangen.

Inzwischen sitze ich hier und harre aus. Warte auf jemand, den ich nicht kenne, nie vorher gesehen habe. Ich nehme an, dass es sich um eine eigenartige wie bemerkenswerte Person handeln wird.

In meinen Erinnerungen taucht unvermittelt die weitläufige Dachterrasse des Hotels »Cataract« in Kairo auf. Die Residenz ist unweit der Pyramiden. Eine idyllische Hotelanlage weit weg vom quirligen und lauten Treiben in der City.

Damals, das ist jetzt etwa fünf oder sechs Jahre her, fuhr ich mit dem Aufzug nach oben. Die Kabine hielt direkt am Ausgang zur Terrasse. Es war früher Abend. Sonnenuntergang. Eine willkommene Gelegenheit, die letzten Stunden des Tageslichts vor der Kulisse der Pyramiden zu genießen. Auf einer der Pyramidenspitzen leuchtete ein riesiger Feuerball. Es war die Sonne, die den Eindruck erweckte, als könne man sie mit den Fingern ergreifen und herunterheben. Ein Moment, berührend und eindrucksvoll gleichermaßen.

Doch wer legt fest, ob Sachen oder Geschehnisse eine Bedeutung haben? Wir sind es, die die Inhalte festlegen. Jeder Mensch ist unterschiedlich. So ungleich ist seine Bewertung der Bedeutung.

Jener Moment in Kairo auf dieser Terrasse war für mich ein Moment der Ruhe, besser des Ausruhens, denn Ruhe gibt es nicht, ausruhen hingegen schon.

Damals bemerkte ich die Person nicht, die sich auf der anderen Seite der Terrasse in einem Stuhl niederließ. Zu sehr hing ich meinen Gedanken nach. Haben Sie das schon mal gespürt, wenn Sie am Tag so tief in Überlegungen versinken, dass die Welt um Sie herum verschwimmt wie ein Aquarell im Regen?

Zigarettenrauch holte mich damals in die Realität zurück. Rauchen in einem Restaurant, selbst auf der Terrasse; in Berlin ein Vorgang der Unmöglichkeit. Da werden die Qualmer nach draußen verbannt, wie Aussätzige bestraft und zur Schau gestellt.

»Es ist schön hier oben, nicht wahr?«

Sie redete vor sich hin, als ob ich nicht da wäre, ohne zu mir hinüberzusehen. Meinte sie mich?

Mein Blick schweifte über die Terrasse.

Vermutlich, denn außer uns war niemand hier.

»Ja, ein schöner Ausblick von hier oben«, bekräftigte ich knapp.

»Die Gegend hier rund um diese Pyramiden ist zugleich ein Ort der Kollision.« Sie streifte dabei ihre Schuhe ab und massierte sich ihre Füße.

»Wissen Sie, dass 1798 die Orientarmee von Napoleon Bonaparte in der Schlacht bei den Pyramiden die einheimischen Truppen schlug und damit zeitgleich die Interessen aller europäischen Mächte am Orient weckte?

Jeder Punkt des Programms der Siegesfeierlichkeiten am 22. September 1798 in Kairo war ein Symbol. Neben den Fahnen mit dem Roten Halbmond hisste man die Trikolore. Die pompösen Feierlichkeiten auf dem Asbakija- Platz sollten den Ägyptern den Geist der Freiheit schmackhaft machen. Letztlich verstand niemand, worum es bei dem Fest ging und beinah jeder sah es als gutes Omen an, als nach wenigen Tagen der ruhmreiche Triumphbogen des Napoleon Bonaparte wieder einstürzte.«

»Nein, das wusste ich nicht«, gab ich zu und überlegte, die Distanz zwischen uns zu verringern. Die Antwort gab sie mir mit einer Geste, näher zu ihr heranzukommen.

»Ich sehe Ihnen an, dass Sie nicht von hier sind.« Ihre Blicke musterten mich auffällig.

»Sie haben recht, ich komme aus Berlin, aus Deutschland.

Entschuldigen Sie, ich habe mich nicht vorgestellt.« Das klang etwas verkrampft, doch in jenem Moment vermutete ich, dass da nicht irgendwer vor mir saß.

»Mein Name ist Alexander«

»Berlin ...« Leise und bedächtig sprach sie das Wort aus und sah dabei gedankenversunken in die Ferne.

Einige Sekunden war es still.

Ruckartig wendete sie ihren Kopf zu mir. Es schien, dass sie wieder in der Gegenwart angekommen wäre.

»Oh, ich kenne Berlin total gut. Ich heiße Shamira.«

Meine Neugier wuchs.

»Waren Sie als Touristin in Berlin?«, fragte ich mehr aus Höflichkeit, obwohl ich vermutete, dass es eine andere Bewandtnis hatte, weshalb sie sich in Berlin aufgehalten hatte.

»Nein, nein, nicht als Touristin. Ich lebte damals in Berlin. Geboren wurde ich hier in Kairo. Als ich zehn Jahre alt war, zogen meine Eltern aus beruflichen Gründen nach Berlin, genauer gesagt nach Ostberlin. Mein Vater war der Botschafter Ägyptens in der DDR. Na ja, und sie haben mich mitgenommen. Wir wohnten damals in Niederschönhausen, in der Waldstraße 15. So wuchs ich in Berlin auf, studierte, arbeitete einige Zeit in unserem Handelsbüro in der Friedrichstraße. Später kehrte ich nach Kairo zurück.

Um zu heiraten und auf langweiligen Empfängen das gesellschaftlich-diplomatische Aushängeschild zu spielen.«

»Aushängeschild für wen?«

Unterdessen hatte sie mit den Zehenspitzen die weggeworfenen Schuhe wieder zu sich herangezogen und schlüpfte hinein.

»Für meinen Mann, ein Polizeigeneral, den ich berate und zugleich in seinem Schatten meine eigenen Geschäfte betreibe. Nicht umsonst studierte ich die internationale Wirtschaft.«

Lächelnd, mit einem kurzen Schlag ihrer Hand gegen meine Brust, in der nun ihre Visitenkarte steckte, sah sie mich für den Bruchteil einer Sekunde aus ihren schwarzen Augen an. Ihre Haare streiften – während ihrer ruckartigen Kopfbewegung – mein Gesicht und sogleich entschwand sie.

Einige Minuten betrachtete ich ihre Kontaktdaten. Lächelnd erinnerte ich mich an meinen Besuch in dem Labor der Polizei von Kairo, in dem viele Fachleute westliche Technik demontierten, um sie in eigener Produktion nachzubauen.

Das Café füllt sich zusehends. Touristen, Geschäftsleute, Studenten – eine bunte Mischung von Menschen; typisch für Berlin.

Wieder hänge ich in der Erinnerung an Kairo fest. Mir kommt der Gedanke, die Erlebnisse in einem Buch niederzuschreiben. Eines Tages hatte ich sogar damit angefangen. Jeden Morgen setzte ich mich mit einem Kaffee in meinem Schreibzimmer an den Schreibtisch.

Und schrieb – nichts!

Stattdessen starrte ich zum Fenster hinaus und sinnierte über drei verschiedene Welten. Ich ersann die Welt des Tischlers, wohl deswegen, weil in dem Haus gegenüber meiner Wohnung sich eine Tischlerei befand. Es folgte in meinen Gedanken die Welt des Arbeiters, wohl deswegen, weil ich vor einigen Jahren mein neues Auto in dem Werk abholen durfte, nach einer ausgiebigen Besichtigung der Taktstraßen, auf denen die Wagen von Montagestation zu Montagestation geschoben wurden. Dort verharrte ich einen Moment, so dass der Arbeiter mit eingeübten Handgriffen das vorgesehene Bauteil montieren konnte. Das alles tagein und tagaus.

Da wäre der Tischer. Jeden Morgen betritt er mit einer Selbstverständlichkeit seine Werkstatt, als wäre er der Kapitän eines Holzschiffs auf dem Ozean der Kreativität. Sein Werkzeug ist seine Crew und jedes Stück Holz ist eine unbearbeitete Insel, die darauf wartet, durch geschickte Hände in ein Meisterwerk verwandelt zu werden.

Der Tischler kennt das Holz, er versteht seine Maserung, seine Schwächen und Stärken. Er nimmt eine intime Beziehung, eine Liaison aus Schleifen, Hobeln und Lackieren ein.

Doch was ist der Arbeiter?

Er ist ein Teil des Symphonieorchesters aus Stahl und Technik. Er spielt seine Rolle, umgeben von pulsierenden Maschinen und endlosen Förderbändern. Er folgt der Choreographie, achtet auf den Dirigenten und sorgt mit dafür, dass dieses Produktionsorchester im perfekten

Einklang und harmonisch spielt. Er jongliert mit Zahnrädern und Schrauben, während er von einem Maschinengeräusch zum nächsten tanzt.

Wie ist das mit dem Schriftsteller?

Sein Reich ist keine Werkstatt, keine Fabrikhalle, sondern ein inspirierender Ort, an dem die Kraft der Worte die Realität verändert. Der Schreibtisch ist der Altar, das leere Blatt Papier, das unbearbeitete Holz. Die Werkzeuge nicht Hammer und Säge, sondern Worte, Sätze und Absätze. Er sitzt an seinem Schreibtisch und beginnt die Welt zu weben.

Der Stift formt wie der Hobel des Tischlers die Gedanken und Geschichten, umgeben von einer Stille und Antizipation, die in der Luft liegt.

Vorsichtig ziehe ich mein Notizbuch aus der Tasche und notiere mir die Gedanken.

Schreiben ist Erinnerung und Ambivalenz zugleich, weil das Geschriebene zugleich sofort wieder infrage gestellt wird. Gleichwohl spüre ich den Drang in mir, doch alles aufzuschreiben, für die, die nach mir kommen.

Die Muse wohne in jedem Haus und komme nur, wenn sie Lust habe, hin und wieder heraus, um die Hand der Künstler zu führen, meinten die alten Griechen. Mag sein, dass sie ebenso in

Cafés wohnt, wie ich soeben ambivalent bemerke.

Kapitel 2

Inzwischen ist es Nachmittag. Die Gäste kommen und gehen. Ich sitze hier auf einer Insel, umgeben von scheinbar tausenden Stimmen.

Wie lange ich schon hier warten mag?

Draußen bahnt sich für einen Moment die Sonne ihren Weg durch die Regenwolken. Sie strahlt durch die großen Fenster und füllt die Atmosphäre im Inneren mit einem warmen Glanz.

Ich beobachte die Gäste. Inzwischen trifft ein buntes Sammelsurium von Menschen hier aufeinander.

Da sind die Studenten, die ihre Köpfe vertiefend über ihre Laptops senken und die Kaffeebecher oder Tassen wie Trophäen in der Hand kreisen lassen, als schien es, dass sie die Welt erobern wollten.

Ihre Gespräche drehen sich um Prüfungen, Hausarbeiten und die nie enden wollende Suche nach dem perfekten WLAN-Signal. Ich erfühle förmlich den Duft von angestautem Wissen, vermengt mit dem Koffein.

In einer Ecke sitzt eine Gruppe von Ingenieuren, die sich angeregt über neueste Entwicklungen unterhalten. Zwischendurch brechen sie in spontanes Gelächter aus, als einer von ihnen von einer App berichtet, die angeblich das Geheimnis des perfekten Koffeingeschmacks entschlüsselt. Das Café scheint in diesem Moment zu einem Think-Tank für Koffeinsüchtige Genies zu werden.

Derweil wechseln die Büroangestellten von müden Bildschirmblicken zu erleichterten Seufzern des Feierabends. Die Krawatten werden gelockert und die Laptops verschwinden in den Taschen. Einige wagen sogar einen entspannten Plausch. Unter ihnen eine Frau, die sie Karen nennen. Sie trägt einen Hauch von Lippenstift und hat ihre Haare zu einem legeren Dutt gebunden. Das scheint auffällig zu sein. Einer der Kollegen fragt: » Karen, was ist mit dir passiert? Hast du heute ein Date?«

Sie zwinkert verschwörerisch und antwortet: »Nein, aber ich dachte, warum nicht mal das Büro in einem Café aufschlagen und meinem Schreibtisch ein wenig Freiheit gönnen?«

»Darf ich Ihnen etwas bringen?«, fragt mich die unverhofft aufgetauchte Kellnerin, legt mir erneut die Karte vor und zerstört gleichermaßen meine soziologische Gedankenstudie.

»Danke«, murmle ich, schaue auf die Uhr. Bisher nichts von meiner Informantin zu sehen.

Bedeutet, weiter zu warten.

Wissen Sie, dass heute viele junge Menschen Angst vor Speisekarten haben? Nein?

Doch, es gibt dazu wissenschaftliche Untersuchungen, die genau das belegen.

Der Grund ist, dass man sich während des Studiums der Speisekarte für ein Gericht entscheiden muss. Oft ist die Entscheidung nicht zu korrigieren. Sobald die Bedienkraft verschwunden ist, wird wenig später das, was bestellt wurde, geliefert.

Vermutlich ist es nicht der einzige Grund. Schaut man sich so manche Speisekarte an, wird der Betrachter von der Vielfalt des Angebots erschlagen. Dabei ist die Menge kein Indiz für die Qualität. Bei Onlinebestellungen kann man vorher Kommentare oder Bewertungen lesen und abschätzen, ob das, was man essen mag, schmecken wird. Und da wäre der Gruppendruck zu erwähnen. Hauptsächlich wenn gemeinsam gegessen wird. Man passt sich dann weitestgehend an. Um nicht aufzufallen.

Dass es sich um eine fehlende Willensstärke handelt, scheint mir zu simplizistisch zu sein.

»Darf ich Ihnen etwas bringen?«, fragt sie inzwischen etwas ungeduldiger.

»Ja, bitte bringen Sie mir einen Espresso.

Kapitel 3

»Darf ich mich zu Ihnen setzen?«

Vor mir am Tisch steht ein etwa 1,70 Meter großer, schlanker Mann mit schwarzem, kurzem Haar und Jeans und Lederjacke bekleidet. Ohne eine Antwort abzuwarten, setzt er sich mir gegenüber.

»Nein, dürfen Sie nicht. Ich erwarte jemand und will den Platz freihalten,« antworte ich mürrisch.

»Das wird nicht mehr nötig sein«, entgegnet mir mein Gegenüber, der mir doch ein Gespräch aufgezwungen hat.

Eine ältere Dame am Nachbartisch dreht sich besorgt zu mir um. Sie hatte einige Gesprächsfetzen aufgefangen und wollte wissen, was los sei.

Neugier eben.

»Ich habe den Auftrag, Sie hier abzuholen und Sie dorthin zu bringen, wo Sie sich ungestört unterhalten können.«

Es scheint logisch, was der Fremde sagt, denn warum begibt sich die ominöse Informantin mit brisanten Informationen ausgerechnet in ein Café? Zudem sie dort jeder sehen und mithören kann.

»Und ich soll Ihnen einfach vertrauen und mit Ihnen fahren?«

»Das müssen Sie nicht.«

Mein Gesprächspartner wider Willen blickt kurz auf die Tischplatte und sofort wieder zu mir.

»Es ist einfach Ihre Entscheidung, mir zu vertrauen und mitzufahren, um etwas zu erfahren, was Sie beeindrucken wird, oder hier in diesem spießigen Schuppen zu verrotten.«

Seine Blicke gleiten abwertend durch die Gaststube.

Die weit ausladende Armbewegung unterstreicht die Beschreibung des Cafés.

»Okay, ich zahle und komme mit.«

»Nicht nötig zu zahlen, stehen Sie auf und kommen mit. Ihre Rechnung habe ich beglichen. War ja nicht viel.«

Er erhebt sich und deutet mir mit einer Kopfbewegung an, ihm zu folgen.

So folge ich ihm nach draußen. Der Mann muss entweder ein Glückspilz oder ein Zauberer sein. Seine schwarze Luxuslimousine parkt direkt vor dem Eingang zum Café. Wer hat um diese Uhrzeit in dem mit Parkplätzen reichlich unterversorgten Berlin so viel Glück?

»Steigen Sie ein.« Ich folge seiner Aufforderung.

Der Wagen schlängelt sich leise und verhalten durch den Stadtverkehr. Entfernt sich aus dem Zentrum in Richtung eines der Außenbezirke.

Die Hochhausburgen verschwinden und allmählich tauchen gediegene Häuser, gar Villen auf. Dahlem? Nein, es ist der Grunewald. Die Villensiedlung entlang der Königsallee, die so einiges an Geschichte vorzuweisen hat. Vor einiger Zeit habe ich darüber in einem Stadtführer Spannendes gelesen.

Prominente Anwohner waren Walter Rathenau, Harald Juhnke, Brigitte Mira, aber gleichfalls Göring und Goebbels wohnten in dieser Straße. Wobei sich der Letztere für gewisse Techtelmechtel mit Diven und Schauspielerinnen gern auf sein Villengrundstück am Bogensee zurückzog.

Die Limousine verlangsamt ihre Fahrt, nicht nur wegen des Kopfsteinpflasters in dem Teil der Straße, sondern deswegen, weil wir angekommen sind. Endlich hält der Wagen vor einem Tor, welches sich automatisch öffnet, nachdem es den Befehl aus einer Fernbedienung empfangen hatte. Der Weg in das Innere dieses geheimnisvoll wirkenden Anwesens ist frei.

Der Wagen schiebt sich langsam auf dem Kiesweg in Richtung des überdachten Eingangsportals. Dass ich beim Aussteigen nass werden würde, brauche ich also nicht zu fürchten, denn es hat unterdessen wieder angefangen zu regnen.

Der Wagen hält vor dem Eingang.

Sekunden später eilt ein Bediensteter heran, öffnet meine Wagentür und begrüßt mich mit: »Willkommen, bitte mir zu folgen.« Dieser Aufforderung folge ich.

Der Mann, der auf mich wie ein Pinguin wirkt, führt mich in die pompös wirkende Empfangshalle. Von der Mitte der etwa zehn mal zehn Meter großen Grundfläche der Halle ausgehend, winden sich zwei freitragende Steintreppen in die oberen Etagen. Eine auf der rechten, die andere auf der linken Seite. Die Stufen der beiden Treppen sind mit einem roten Teppichbelag ausgelegt.

Zwei gemütlich wirkende und abgeschottete Sitzecken rechts und links des Eingangs runden das Bild ab.

Der Pinguin bietet mir an, Platz zu nehmen und etwas zu warten. Dann verschwindet er in einem Nebenraum, der vermutlich an die Empfangshalle grenzt.

Sein Angebot nehme ich an, dessen ungeachtet, sehe ich mich lieber vorher in der Halle etwas um.

Eine absolute Stille. Nirgends ist ein Geräusch. Weder außerhalb oder im Inneren. Ebenso aus den oberen Stockwerken kein Laut.

Unheimlich.

An dem großen Panoramafenster bleibe ich stehen und genieße den Ausblick auf den gepflegten Park.

Indessen ich mir überlege, ob diese Parkanlage mit ihrem Teehaus und den exakten Wegen mit schwarzem Sand nicht kitschig wirken, spüre ich, dass ich beobachtet werde von einer Person, die langsam die Treppe herunterschreitet.

Derweil ich mich umdrehe, zuckt ein Stromschlag durch Mark und Bein.

Kapitel 4

Die Bilder vor meinem geistigen Auge flackern, zerfallen, um wieder neu zusammengesetzt zu erscheinen. Es beginnt sich um mich herum zu drehen.

Vor mir auf der Treppe dieser Villa, eine Frau im schwarzen Businesshosenanzug. Weiße Bluse, deren Kragen über den des Jacketts geschlagen ist, dunkle, lange Haare, die scheinbar von einer Sonnenbrille zurückgehalten werden.

Die braune Hautfarbe ist echt.

Dann taucht das Bild von damals vor meinem geistigen Auge auf. Ich erinnere mich an jene Terrasse in Kairo. Die Unbekannte im roten Kleid, die ihre Schuhe von sich warf, ermattet ein wenig Ruhe suchte und sich mit mir, dem Fremden, unterhielt, obwohl das eher untypisch für eine Frau in einem arabisches Land ist.

Damals habe ich sie wahrgenommen, genau wie sie mich wahrnahm.

Wissen Sie, wie das ist mit dem Wahrnehmen?

Das bedeutet letztlich Interesse zeigen. Dass wir unsere Gedanken und Meinungen äußern, die vom Zuhörer als Information aufgenommen werden.

Erfahren wir Interesse oder Zuneigung durch andere, so ist dies ein erhabenes Gefühl für die eigene Entwicklung. Wahrnehmung bedingt die Anteilnahme, die auf uns gerichtet ist, wenn wir etwas sagen und andere es hören. Oft freuen wir uns wie Kinder, die die Aufmerksamkeit der Eltern auf sich gelenkt haben und wahrgenommen werden. Ein uraltes Grundbedürfnis, welches in uns wohnt und wir uns nicht dagegen wehren können oder wollen.

Wir genießen es, wenn es uns gelungen ist, die Aufmerksamkeit zu erregen, dann sind wir zugleich in die Realität der anderen eingedrungen, sind darin präsent. Dieser Wunsch nach Präsenz im Bewusstsein besteht bei allen sozialen Wesen. Schauen Sie sich eine Affenhorde genauer an. Was stellen Sie fest?

Wahrhaftig, die meiste Zeit beschäftigen sich die Tiere damit, andere Mitglieder zu beobachten.

Um was dreht es sich auf Facebook, Instagram, X und vielen weiteren sogenannten »sozialen Medien«?

Um Wahrnehmung und Beobachtung.

Alles nicht neu. Es dreht sich um die Beschäftigung mit sich selbst und die Observation anderer Mitglieder der Herde. Nicht mehr nur lokal, sondern weltweit.

Aufmerksamkeit zu erhalten, das ist wie ein Abhängiger, der einer Droge nachjagt.

Was geschieht hier? Sind diese Frau und ich in ein wechselseitiges Aufmerksamkeitsabhängigkeitsverhältnis geraten und im Bewusstsein geblieben?

Ist sie die, für die ich sie in diesem Moment halte? Eine Frau, die ein Wiedersehen arrangiert?

Garantiert ist sie das nicht.

Ein Gedanke jagt den nächsten.

»Shamira?«, frage ich leise; nicht wissend, ob sie mich hört, dort am unteren Ende der Treppe.

Wie zur Bestätigung setzt sie ihre Sonnenbrille auf, lockert ihr Haar mit einer schwungvollen Handbewegung und schweigt.

Jetzt bin ich mir sicher.

Sie ist es.

»Schön, dich wiederzusehen, wenngleich die Umstände unserer erneuten Begegnung etwas sonderlich und abenteuerlich erscheinen.«

Allmählich werde ich lockerer. Dennoch breitet sich in mir Ungewissheit aus und immer neue Fragen stellen sich unbewusst.

»Wie hast du mich gefunden, warum bin ich hier und vor allem, was soll diese Geheimniskrämerei. Können wir uns nicht wie normale

Leute verabreden und ungezwungen reden? Wieso dieser ganze konspirative Kram? Es mutet ja beinahe wie eine Verschwörung an. Zumal, wir kennen uns ja überhaupt nicht. Soweit wie ich mich erinnere, sind wir uns ein einziges Mal begegnet, das war vor einigen Jahren auf jener Terrasse dieses Hotels in Kairo – wie hieß das doch gleich?«

»Cataract, mein Lieber, so lautet der Name das Hotels«, leise und gelassen spricht sie, verlässt die unterste Stufe der Treppe und kommt näher zu mir.

Ein sanfter Schlag mit der Faust gegen meinen Oberkörper, ihre ruckartige Kopfbewegung, durch die ihre Haare mir ins Gesicht fliegen, der Duft ihres Parfüms, das mir bekannt vorkommt, alles in wenigen Sekunden.

»Erinnerst du dich denn gar nicht daran?«

»Ja, recht oft«, antworte ich etwas benebelt.

»Woher weißt du, wo du mich findest? Wäre ja möglich, dass ich gar nicht in Berlin bin, sondern an irgendeinem Ort in der Welt. Wieso hier in Berlin? Und wieso bist du hier. In Kairo schien deine Aufgabe ausschließlich das diplomatische Aushängeschild für deinen Mann, dem Panzergeneral, zu sein?«

»Polizeigeneral«, verbessert Shamira mich prompt.

»Ich sagte damals, dass ich darüber hinaus weitere Verpflichtungen hatte und habe. Komm, lass uns dort drüben hinsetzen, einen Kaffee trinken und plaudern.«

Shamira deutet auf die Sitzecke unweit einer Tür, die den Weg in ein angrenzendes Zimmer oder einen Gang frei gibt.

Im Verlauf unserer kurzen Unterhaltung an der Treppe versieht jemand den kleinen Tisch mit zwei Gedecken Kaffee.

»Weißt du, ab einem Zeitpunkt deines Aufenthalts in Kairo habe ich kein Auge von deinen Wegen gelassen.«

»Du hattest mich verfolgt?«

Die Entrüstung in mir darf Shamira durchaus spüren.

»Nein«, unaufgeregt lehnt sie sich an die Rückenlehne des Sessels.

»Wie gesagt«, fährt sie fort, »ab einem Ereignis im Verlauf deines Aufenthalts. Nicht sofort nach der Ankunft in Kairo.«

»Sag schon, ab wann genau.«

»Ab dem Gespräch, welches du mit einem Professor der berühmten Kairoer Universität hattest. Er ist oft ein Gast auf den Empfängen, die mein Mann gibt. Eines Tages erzählte er mir von einem Deutschen, dessen Grund für seinen Aufenthalt er nicht genau kenne. So nahmen wir uns deiner an.

Da wir gerade dabei sind, hast du die Situation vergessen, als dich die Firma, mit der du damals Kontakt hattest, dich unvermutet zu Fuß durch das Zentrum von Kairo schickte, um in der Zentrale einen Umschlag abzugeben?«

»Ja, ich erinnere mich. Ich war damals verwundert, doch es schien mir eine willkommene Abwechslung zu sein, mal allein Kairoer Luft zu atmen. Es war schon eine Herausforderung, sich zu Fuß durch den quirligen Verkehr, hauptsächlich auf den großen Plätzen, zu kämpfen. «

Shamira lächelt ein wenig.

»Du warst auf dem Weg zu einem Rendezvous mit einer 38-iger.«

»Shamira, bitte«, entgegne ich ein wenig aufgebracht.

»Meinst du, dass ich nicht weiß, wie man sich in einem arabischen Land gegenüber Frauen verhalten sollte? Keine Affäre anzufangen, war absolut klar. Wobei Ägypten relativ offen ist, im Gegensatz zu anderen Staaten in der Region. Ich bin damals diesen eindeutigen Angeboten einiger Frauen konsequent aus dem Weg gegangen. Verwicklungen wären nicht ausgeschlossen, Fallen ebenso nicht. Und da sollte ich auf dem Weg zu einem Rendezvous gewesen sein? Oh, nein, nein, Shamira, das stimmt nicht. Es sei denn, es war als eine Art Falle gedacht, um mich, die Firma, für die ich damals dort war oder was immer es sei, zu kompromittieren.«

Shamira schnellt von ihrem Sessel hoch, beugt sich über den Tisch, auf dem sie sich mit beiden Armen abstützt und flüstert verschwörerisch:

»Es war kein Rendezvous mit einer 38 Jahre alten Frau, sondern mit einem Revolver. Man hatte vor, dich zu erschießen.«

»Wieso das?«

Meine Fassungslosigkeit bemerkt Shamira. Schweigend bewegt sie sich zurück zu ihrem Sessel, setzt sich und schaut mich mit durchdringendem Blick an.

»Zu der Zeit, in der du in Kairo warst, fing die Muslimbruderschaft an, die Gesellschaft zu unterwandern. Ihr Ziel ist die Etablierung eines islamischen Staats. Mit ihrer Partei ›Freiheit und Gerechtigkeit‹ haben sie vor, die etablierte Regierung unter Mubarak abzulösen.

Im Untergrund tobte damals die Jagd auf Ausländer wie auf dich. Vermutlich hatte der Professor, mit dem du ausgiebig gesprochen hattest, sie auf deine Fährte gesetzt.«

»Verstehe, dann war der zivile Polizist vor meinem Hotel, der mich kontrollierte und mir separates Geleit zum Flughafen gab, ebenso dein Werk?«

Allmählich ordne ich die Sonderbarkeiten von damals, auf die ich zu jener Zeit wenig Wert legte, ein.

»Nach unserer Begegnung auf der Terrasse des Hotels, die ich inszeniert hatte, fingen wir an, jeden deiner Schritte zu beobachten. Ach so, der zivile Polizist vor dem Hotel war kein gewöhnlicher Polizist. Er gehörte zum Geheimdienst. Touristenpolizei.«

»Was mir ja zusteht,« flüstere ich mit nicht überhörbarem, sarkastischem Ton.

Shamira lacht.

»Wir erfuhren schnell von dem Anschlag, den man für dich vorbereitet hatte. Zur Tatwaffe wurde eine 38-iger ausgewählt, die man nach der Tat irgendeinem armen Teufel untergeschoben hätte.

Nachdem die Islamisten unter der Führung des Muslimbruders Mursi mit fast 80 Prozent zur dominierenden Kraft im Lande wurde, verließen mein Mann und ich für einige Zeit das Land. Vom Ausland aus koordinierten und finanzierten wir die Aktionen der Wirtschaftseliten, der Beamtenschaft, der Sicherheitsorgane und all jener, die durch die Muslimbrüder eine Bedrohung ihrer Zukunft sahen ...«

Shamiras Redeschwall rauscht an mir vorbei, wird leiser, obwohl sie weiter laut schwadroniert. Mit dem Temperament einer Ägypterin.

Eine Frage taucht in mir auf, auf die ich eine Antwort finden muss.

Kapitel 5

Shamira, Silvana.

Silvana, Shamira.

Es fühlt sich an, als ob ein ganzer Schnellzug ratternd durch meinen Kopf rast. Zwei Frauen, äußerlich fast identisch. Mittelgroß, gepflegt, schwarze Haare, intelligent, emotional, vielseitig interessiert und mit einem scheinbar offenen Herzen.

Zugegeben, ich kenne nur die eine intensiver.

Unbesehen trifft es auf Silvana zu.

Mit ihr fing es harmlos an. Wir waren damals in Berlin, beide auf der Suche nach einer Gelegenheit, den Tango Argentino zu erlernen.

Kurz nach der ersten Übungsstunde war für Silvana klar, dass ich ihr Tanzpartner sein werde. In der Bar, in der sie mir ihren Entschluss kundtat, habe ich keinen Gedanken daran verschwendet, weshalb das so schnell für sie feststand. Üblicherweise »probiert« man ja einige Partner aus, bevor man eine Entscheidung fällt.

Heute und viele Jahre, Gefahren und Ereignisse später, ist mir klar, dass Silvana über den Doktortitel in der Psychologie des Spiels verfügte. Biologisch gesehen sind wir Männer ja darauf programmiert, uns mit einer starken, attraktiven Partnerin zu paaren.

Wie ein Zirkusartist jonglierte sie mit Gefühlen und spielte mit den biologischen Schaltkreisen. Ihrer Anziehung war schwer zu widerstehen.

Ein wenig Lob hier, ein Hauch von Unsicherheit dort und schon war ich die Marionette in ihren Händen. Zum Hauptdarsteller in ihrem persönlichen Liebesdrama avanciert; zugleich gefangen wie eine Fliege im Spinnennetz.

Mit der Zeit wurde aus dem verführerischen Spiel eine knallharte Realität mit Pflichten, Aufgaben, Brutalität und einer schier endlos erscheinenden Vielfalt von materiellen Ressourcen. Der Tango verwandelte sich in einen Maskentanz.

Silvana öffnete mir die Tore in die Geheimgesellschaft «Boten der Neuen Welt«, in der ich nichts anderes war als ihr Werkzeug, ihr Mittel, um an die Führungsspitze zu gelangen.

Sehe ich heute so.

Damals nahm ich das lockerer.

Sie beseitigte jeden, der sich auf ihrem Weg nach oben in den Weg stellte. Zuletzt sogar den Anführer. Kalt und kompromisslos. Verschwommen erinnere ich mich an ein Gespräch zwischen Keno, dem Anführer der »Boten der Neuen Welt«, und Silvana, bei dem ich anwesend war.

»Hundert Dollar setze ich darauf, dass wir die Leute dazu bringen können, sich über Kochtöpfe zu streiten.«

Eine typische Provokation von ihr.

Keno lachte schallend.

»Das ist unmöglich, Silvana. Ich traue dir eine Menge zu, dennoch setze ich in diesem Fall hundert Dollar dagegen und behaupte, dass du keinen Plan hast, wie das gelingen soll. Vom Erfolg reden wir lieber erst gar nicht.«

Silvana entgegnete keck:

»Wart's ab, Keno.«

Scheinbar gedankenversunken schlenderte sie zum Fenster auf der Straßenseite des Büros und sah scheinbar dem Treiben auf der Straße zu.

»Die Bevölkerung der Länder sperren wir in ein pychologisch-dystopisches Gefängnis. Sie beginnen ja längst sich freiwillig dorthin zu begeben. Wir werden sie zunehmend vereinzeln.

Seht euch Social Media an. Bald laufen weitere Kanäle, zusätzlich zu den bekannten, auf Hochtouren. Allgemeine und spezifische Propaganda wird die Lösung sein.

Gleichzeitig lassen wir die gedruckten Bücher und Zeitschriften verschwinden. Wie? Sobald die Clownerie und Veganerie des gesunden Lebens weiter an Fahrt aufnimmt. Dann erklären wir überzeugend, dass alle Hardcover-Bücher mit gelatineartigem Leim geklebt seien. Da der Draht der Bindung nicht vegan ist, weil er durch tierische Fette gezogen wurde, dass sich im Papier Milchbestandteile für einen besseren Glanz befinden oder dass in der Druckfarbe Karmin ist. Sie werden keine Bücher mehr kaufen und lesen. Warum das alles, wirst du dich jetzt fragen. Stimmt's?«

Sie richtete ruckartig den Blick auf Keno, der nur ein Nicken übrighatte.

»Sobald die Bevölkerung vollständig verblödet ist, schalten wir das Internet für die Allgemeinheit ab. Null Informationsaustausch. Gibt es keine gedruckten Bücher mehr, haben wir endgültig das Monopol der Wahrheit, die wir über unsere eigenen Kanäle verbreiten. Es soll für alle als Freiheit erlebbar werden in der, wir sie – scheinbar – alles tun können, was sie wollen. Ihre Sinn- wie Nutzlosigkeit bekommen sie nicht mit, denn der Verstand ist eingesperrt; wie in einem Hochsicherheitsgefängnis. Die Massen werden sich wie von einer Krankheit Befallene verhalten. Sucht- und Gewaltexzesse, psychische wie psychiatrische Erkrankungen, Traumata, Gewaltorgien und Konditionierungen tragen dazu bei, dass ein Teil der Spezies verschwindet, weil sie sich gegenseitig an den

Kragen gehen. Und vorher über Kochtöpfe streiten. Aber unverzichtbar ist, dass der Prozess mit der vollständigen Abschaffung des Privateigentums einhergeht. Der schnell und nahezu unbemerkt abläuft.«

In meiner Erinnerung ist das entsetzte Gesicht von Keno präsent. Selbst dieser hartgesottene Weltveränderer konnte oder wollte die Pläne von Silvana nicht begreifen.

»Wenn du das abschaffen wirst, erntest du nichts als Krieg, Aufruhr, Anarchie …«

»Nicht wenn wir vorher einen kognitiven, unbemerkten Krieg gegen Köpfe, die neuen Schlachtfelder unserer Zeit, führen, Keno«, wies ihn Silvana, erzürnt wirkend, zurecht.

»In näherungsweise zehn Jahren, Keno, wird jedes verbliebene Mitglied der Herde frohlockend durch den Tag laufen und rufen: Hurra, ich besitze nichts, habe nichts Privates, das Leben war nie besser.

Dabei werden wir weitergehen als früher die Kommunisten. Die haben zwar die Mittel der Produktion enteignet, nicht jedoch die privaten Konsumgüter.

Überleg doch, Keno, hier liegt der überragende wirtschaftliche Gewinn, wenn jeder all seinen Kram, den er glaubt zum Leben zu benötigen, von uns mieten muss. Alles sollen sie mieten oder ausleihen. Weiter noch, wir können festlegen, wer überhaupt etwas von uns bekommt. Je nachdem, ob derjenige uns hörig ist und befolgt, was wir von ihm erwarten, oder ob er ein Ignorant, gar Widerständler ist, den wir dann ausgrenzen; vernichten. Die Qualität und Verteilung der Nahrung wird zu einem neuen Instrument der Macht und des Machterhalts. Stellen wir uns nicht diesen Chancen und Herausforderungen, sind wir die alten Ärsche, die bloß alt werden, während die Welt von anderen regiert wird.«

Ist Shamira ebenso eine Frau wie Silvana?

Das weiß ich nicht. Zu kurz war unser bisheriges Zusammentreffen. Nein, ich kenne Shamira überhaupt nicht. Wieso gerate ich immer wieder an solche Charaktere dieserart Frauen? Keine Ahnung, ob ich das je herausfinden werde.

»... und so wird sich mit den neuen Herausforderungen das Leben in Ägypten verändern ...«

Shamiras Stimme dringt wieder zu mir durch und reißt mich aus meinen Gedanken.

»Hörst du mir überhaupt zu? Ist irgendwas?«

Nachdenklich antworte ich ihr.

»Nein, was soll schon sein?«

Kapitel 6

»Was sind die Herausforderungen, denen sich Ägypten zu stellen hat?«

»Ach, Alexander.«

Sie verdreht die Augen, hebt beide Arme wie zum Gebet.

»Das habe ich doch soeben lang und breit erläutert. Du hast mir nicht zugehört.

Nochmal in Kurzform für dich: Alle Nachbarstaaten von Ägypten sind nur Fragmente ihrer selbst. Hin und hergerissen, zerrissen und bedroht, zwischen den massigen Mühlsteinen der Geopolitik zermalmt zu werden wie der Weizen unter dem Mühlrad. Hinzu kommt der zunehmend intensive, innere Widerstand, die Opposition, die schwächer werdende Wirtschaft und zusätzlich die Erpressung von Eritrea und Äthiopien mit ihren Wasserstaudämmen, die die Lebensbedingungen der Bevölkerung weiter verschlechtern. Wasser ist die Quelle des Lebens und der Entwicklung. Es ist dir nicht entgangen, dass sich gesamt Nordafrika zu einem Pulverfass gewandelt hat. Wenngleich es nie friedlich in der Region war.

Ägypten wird eines Tages damit konfrontiert, dass der Suezkanal ausfällt. Das bedeutet enorme wirtschaftliche Verluste. Hinzu kommt, dass sich der Tourismus in einer solchen Situation rückläufig entwickeln wird. Wegen der allgemeinen Weltlage ist die Situation ohnehin nicht vorteilhaft.«

Gespannt höre ich diesmal zu. Ich frage mich erneut: »Warum bin ich hier?«

Sie kennen solche Situationen?

Garantiert!

Da haben Sie die Wahl, entweder in Panik auszubrechen oder alles mit Humor zu nehmen. Dennoch, es bleibt die Verwirrung, ohne Zweifel.

So entscheide ich mich, alles mit Humor zu nehmen. Es lässt sich dadurch ohnehin besser ertragen. Unter Umständen ist es ja ein Krimi ohne Anfang oder ich bin der ausgewählte Kandidat einer verborgenen Superspion-Schule? Nein, Shamira betreibt ein geheimes Labor, in dem viele Wissenschaftler versuchen, den perfekten Pizzabelag zu entwickeln, so wird es sein.

Diese ganze Situation des »Nicht-Wissens« genieße ich.

Wie, Sie sind erstaunt?

Lassen Sie mich Ihnen sagen, dass alles, was hier abläuft, ein erstaunlicher und bedeutender Moment der Freiheit ist. In Gedanken bringe ich ein optimistisches Licht auf die Ereignisse. Es ist wie eine Komödie, in der ich Drehbuchautor und Hauptdarsteller zugleich bin. Nach all dem Grübeln und Rätselraten ist es offenkundig erlaubt, aufzustehen, die Arme auszubreiten und zu rufen: »Ich habe keine Ahnung, was du dir vorstellst, aber ich werde weiterhin versuchen, dieses Rätsel zu lösen!«

Aufstehen und aufbrechen, das tu ich nicht. Stattdessen frage ich Shamira: »Was erwartest du von mir, was vermag ich zur Lösung eurer Probleme beitragen? Leider bin ich nicht Politiker, hab keinen Zugang zur UNO oder Milliardären ...«

»Doch«, unterbricht sie schroff meinen beginnenden Redeschwall.

»Du hast oder hattest einen Zugang, ja eine direkte Verbindung zu einer Person und durch sie zu einer Organisation, deren Arbeit für uns von Interesse ist.«

In diesem Moment fühle ich mich text- und sprachlos.

»Woher weißt du das? Außerdem bin ich raus und froh, dass es glimpflich endete, damals. Der Verrat in Argentinien, wo ich meinte, in Sicherheit vor den Nachstellungen der ′Boten der

Neuen Welt′ zu sein. Nein, lass es. Das ist vorbei, Schluss aus und Ende!«

Shamira kommt nah heran, neigt ihren Kopf leicht zur Seite und flüstert lächelnd: »Woher ich all diese Informationen habe, willst du wissen?«

Kapitel 7

Unglaublich! Shamiras Gesichtsausdruck verwandelte sich innerhalb von Sekunden. Sie wirkt erstarrt, berechnend und eiskalt. Ich fühle, wie mich die Kälte einer Leichenhalle einhüllt.

Sie zieht einen der Stühle, die im Zimmer scheinbar wahllos herumstehen, heran.

»Wie war das damals. Im November 89?« Ihre Stimme ist plötzlich ruhig und sie lehnt sich genüsslich zurück. So, als erwarte sie eine Geschichte, die ihr gefallen würde.

Doch in meinem Kopf rennen die Gedankenblitze hin und her. Fragen. Auf was will sie hinaus? Warum interessiert sie die Vergangenheit? Was vorbei ist, ist vorbei, denke ich und spreche es laut aus.

»Nicht ganz. Alles hängt mit allem zusammen. Was vorbei ist, ist für einen Moment vorbei, doch es ist geschehen und bleibt in der Welt. Ab und zu kommt es vor, dass wir es wieder hervorholen, weil es nützlich ist. So ist das eben.«

»Was ist denn nun so Wichtiges im November 89 passiert, dass es notwendig ist, darüber zu reden?«

»Nun, lass es mich so beschreiben«, meint sie, wobei sie sich von ihrem Platz auf dem Stuhl erhebt und beginnt, durch den Raum zu schlendern.

»Es ist ein trüber Tag mitten im November. Wie damals üblich, formieren sich in aller Frühe lange Schlangen vor den zuständigen Meldeämtern der noch im Einsatz befindlichen Volkspolizei. Der Drang gen Westen war groß. Nach der erfolgreichen Revolution, die nichts anderes war als eine geplante Geheimdienstoperation, aufbauend auf den Erfahrungen aus Polen. Begünstigt durch eine zersetzte, inkompetente und feige Staatsführung. So standen ebenso auf der kleinen Insel im Norden die Leute vor den Ämtern. An jenem Tag liefen in einen kleinen, getarnten Hafen, der eher einem Naturhafen ähnelte als einer professionellen Hafenanlage, zwei neue Schiffe ein. Ohne Kennung, ohne Befeuerung, beinahe lautlos. Jener Hafen diente als Stützpunkt für die Küstenschutzschiffe. Kaum jemand kannte damals seine wirkliche Bestimmung.

Du warst an diesem Tag und auch an den darauffolgenden Tagen in Berlin. Vermutlich brütetest du über neuen technischen Projekten. Kurze Zeit danach, als die beiden mysteriösen Schiffe eingelaufen waren, rief dich dein damaliger Chef zu sich. Machen wir es an dieser Stelle kurz. Er erteilte dir in einem kurzen, streng geheimen Gespräch zwei Aufträge. In dem ersten ging es um die fernmeldetechnische Neuausstattung von Schiffen einer aufgelösten Armee mit Systemen eines deutschen Herstellers. Bestimmungsort der Schiffseinheiten: Indonesien. Entgegen den damaligen öffentlichen Beteuerungen, die Schiffe nicht gegen Aufständische einzusetzen, geschah das später dennoch. Doch darum geht es nicht. Diese Aufgabe hast du damals erfüllt.

Vielmehr ging es um den anderen Auftrag. Die Ausrüstung der beiden anderen Schiffe mit modernem Radar. Jene Schiffe, die in dem besagten Hafen lagen, für Tripolis bestimmt waren und zum Projekt 1159 gehörten. Bekannt als das »Delphine-Projekt« oder KOMI-Klasse genannt. Für Libyen baute man zwei spezielle Schiffe unter der Bezeichnung 1159-TR. Ich sage dir nun, was daran besonders war ...«

Hier unterbreche ich Shamira mit einer Handbewegung.

»Die Schiffe und deren Einsatzort kenne ich.«

Inzwischen stehen wir uns am Fenster des Raums gegenüber und blicken auf den gepflegten Garten der Villa.

»Die lybischen Schiffe bekamen damals den Namen ›Al Hani‹ und ›Al Ghardabia‹, das zweite Schiff wurde während der Luftangriffe versenkt. Diese Schiffe wurden für Jugoslawien und Libyen gebaut. Das Interessante an ihnen war, dass sie mit den neuen P-20 Marschflugkörpern ausgerüstet wurden. Die jugoslawischen Schiffe hatten eine Feuerrichtung Achtern und die weit moderneren Schiffe für Tripolis die Feuerrichtung am Bug. Sie waren 30 Knoten schnell, hatten Rumpf- wie Schleppsonar und verfügten über das effektivste Radarsystem des Warschauer Vertrags. Jedoch für Tripolis nicht gut genug, deshalb wurden wir beauftragt, es mit Systemen eines schwedischen Herstellers auszurüsten. Das haben wir getan.«

»Ich weiß«, entgegnet Shamira, »... wir haben ja alle Archive ausgewertet.«

Kapitel 8

»Mir fehlt leider die Fantasie, um zu erraten, was du von mir willst, Shamira. Wir kennen uns kaum. Sind uns einmal begegnet, damals in Kairo. Vor einigen Tagen hast du mich kontaktiert, hast mir Informationen angekündigt, über die ich schreiben solle. Dann dieses Treffen in dem Café, die Fahrt hier in deine Villa am Rande von Berlin. Verstehst du, dass das für mich nicht so recht zusammenpasst, wenn du sagst, es soll etwas seinen Besitzer wechseln?«

Auf die eine oder andere Art verspürt Shamira meine Ungeduld, ja Aufregung, die ich nicht verberge. Ihre Geste bedeutet mir, gefasst zu bleiben, mich nicht aufzuregen. Sie verzieht ihr Gesicht.

Ich schweige.

Sie ebenso.

Einige Sekunden, beinahe eine Ewigkeit.

In dieser Situation verkrafte ich diese gespielte Ruhe nicht. Ertrage nicht, wie sie sich langsam, bedächtig, Schritt für Schritt durch den Raum bewegt. So, als suche sie nach Worten für eine Erklärung. Nachdenklich wirkt sie in diesem Moment.

In zwei Metern Abstand von mir bleibt Samira stehen.

Draußen wird es inzwischen Abend. Einige Sonnenstrahlen, die sich nach dem Regen durch die Wolken gewühlt haben, tanzen, unterbrochen von dem im Wind hin und her bewegten Zweigen, durch das Zimmer.

»Warum erzählst du mir die Geschichte von den Schiffen, die damals den Besitzer wechselten?«

»Warum ich dir das erzählte?« Es klingt so, als wolle sie sich versichern, die Frage verstanden zu haben.

»Ich erzählte sie dir, weil ich möchte, dass wieder etwas den Besitzer wechselt.« Sie wiederholt sich.

Die Gedanken kreisen in mir und grübeln, was das ist, vor allem was so bedeutungsvoll ist, um es in beinahe verschwörerischer Atmosphäre zu tun. Ich stehe auf, breite beide Arme aus, um meiner Ahnungslosigkeit Nachdruck zu verleihen.

»Was in Gottes Namen soll das sein, Shamira, erklär es mir?«

»Lass Gott aus dem Spiel, der hat damit nichts zu tun.« Ihr Lächeln springt zu mir über. Wir lachen kurz. Dann wird es wieder ernst.

Die ganze Sache wird für mich immer verworrener. Kurz überlege ich zu gehen.

»Shamira, entschuldige, ich meine, ich sollte jetzt besser gehen. Zum Rätselraten bin ich nicht hier. Wie gesagt, es war dein Vorschlag, dass wir uns treffen, weil du eine Information mit mir teilen wolltest. Aus welchen Beweggründen auch immer. Unser Gespräch ist festgefahren. Wir kommen mit Raten, Vermutungen, Andeutungen und Ereignissen, die lange Zeit zurückliegen, nicht weiter. Also ...«

Shamira hebt ihren linken Arm und unterbricht damit meinen Wortschwall.

»Es geht um eine Sache, die in deinem Besitz ist und die ihren Besitzer wechseln soll. Ich meine damit einen Wechsel von dir zu mir beziehungsweise zu den mir vertrauten Personen, die sich damit besser auskennen als ich.«

Um der Sache etwas Komisches zu verleihen, was ja durchaus zutreffend ist, baue ich mich vor ihr auf und wende das Futter meiner beiden Hosentaschen von innen nach außen.

»Nichts, Shamira, nichts habe ich, was von irgendeinem Interesse für dich sein kann. Ich habe kein Gold, keine wertvollen Gemälde, keine Jacht, kein Schloss ...«

»Genug damit, hör auf, das weiß ich ja.« Der Ton wird rauer.

»Ich meine keine physischen Dinge, ich meine dein Wissen.«

»Auch davon habe ich nichts, Shamira. Ich weiß nichts, dafür habe ich viel Fantasie. Ist die nicht wichtiger als Wissen?« Doch ich habe eine aufkeimende Ahnung, was sie meinen könnte, als ich ihr in die Augen sehe.

»Was meinst du genau?«

»Setz dich, ich erkläre dir nun, um was es genau geht.« Der Ton lässt keinen Widerspruch zu. Ich gehorche.

Wieder sitzen wir in der gemütlichen Sitzecke und schauen uns eine gefühlte Ewigkeit an, bevor Shamira endlich beginnt, meine Neugier zu stillen.

»Wie gesagt, es geht um nichts Materielles.« Es klingt etwas verlegen, wie sie das sagt.

»Genauer, es geht um dein Wissen.«

»Oh, wie das?«, frage ich erstaunt.

»Vor einigen Jahren warst du in sehr anspruchsvolle und geheime Projekte involviert. Hast dich im Schatten einer Silvana Farland – die dann die gesamte Organisation ›Boten der Neuen Welt‹ übernommen hatte – zu ihrem wichtigsten und einzigen Berater, ja man kann sagen zu ihrem Stabschef, entwickelt. Mit allen persönlichen Vor- oder Nachteilen, wenn du verstehst, was ich meine. Klar, die Prüfungen auf dem Weg ganz nach oben waren nicht einfach. Deine Aufgaben hast du erfüllt und eine Menge zum Erfolg der Organisation beigetragen. Sehr viel sogar.«

»Ach, lass diese Dinge einfach ruhen. Ich bin froh, dass es vorbei ist und die ganze Sache noch mal glimpflich ausgegangen ist. Trotz aller Widrigkeiten, die sich zum Teil noch bis heute auswirken. Also, raus mit der Sprache. Bring es auf den Punkt. Was genau erwartest oder willst du von mir?«, fordere ich etwas stärker. »Sonst drehen wir uns stundenlang im Kreis.«

»Also gut, wie du meinst.«

Die Anspannung in mir steigt merklich an. Die Gedanken hämmern wie ein Presslufthammer. Was zum Teufel wird sie mir nun erzählen? Ist es etwa jene Information, die sie so geheimnisvoll angekündigt hatte.

Shamira lehnt sich bequem in den Sessel und schaut mich direkt an. Gespenstische Stille liegt im Raum. Kein Laut ist zu hören.

Mein Blick schweift kurz nach draußen. Der Himmel schickt sich an, es erneut in Strömen regnen zu lassen.

Immer dieser Regen.

»Es geht um unseren Suezkanal«, beginnt Shamira leise.

»Will man ihn zuschütten, wie die meisten offenen Gräben«, frage ich flapsig und nicht ernst gemeint.

Sie lächelt verlegen.

»Im übertragenen Sinn kann man das so sehen, denn die Chinesen wollen ihn besetzen und die Kontrolle über die Schifffahrt in dem Gebiet übernehmen.«

Jetzt wird es aufregend, von einem solchen Vorhaben habe ich bisher nichts vernommen. Auch in den einschlägigen Veröffentlichungen, weder in Ost noch West, gibt es irgendeinen Hinweis, der das bestätigen würde.

»Wie kommen die Chinesen ausgerechnet auf so eine Idee und warum?«

Allmählich werde ich ungeduldig.

»Peking ist dabei, sein Riesenimperium neu zu rekonstruieren. Der Suezkanal ist Bestandteil der weltweiten Versorgungstrassen, über die Waren aller Art per Schiff transportiert werden. Nicht alles kann mit dem Flugzeug transportiert werden. Derzeit passieren etwa 60 Prozent aller Waren auf dem Weg von China nach Europa den Suezkanal. Insgesamt zwölf Prozent des gesamten Welthandels. Erahnst du die Dimension, um die es hier geht? Die alternative Schifffahrtsverbindung über die Antarktis ist derzeit in der Probephase. Bisher hat – soweit ich weiß – nur ein chinesisches Schiff diese Route passiert. Nach den Vorstellungen der Chinesen soll ihr Riesenimperium die gesamte Welt umspannen. Aus diesem Grund verfolgen sie ehrgeizig ihr OBOR-Projekt. One Belt, One Road, oder Seidenstraßenprojekt genannt. Das Vorhaben besteht aus einem maritimen Teil – der maritimen Seidenstraße – und dem landgestützten Seidenstraßengürtel. Zwei Endstationen davon liegen in Hamburg und Duisburg.

Die maritime Seidenstraße tangiert gleichzeitig Afrika, insbesondere der chinesische Militärstützpunkt in Dschibutti verfügt dadurch über eine direkte Verbindung zum Mutterland. Geplant sind in Afrika Trassen vom Meer nach Äthiopien, Angola, Nigeria und Tansania. Die neuen Gasfelder vor Israel oder das Shwe-Gasfeld sind genauso wahre Leckerbissen für Peking. Im Übrigen sind die Handelsrouten keine neuen Erfindungen der Chinesen. In der Antike verbanden diese Routen Zentralasien, den Nahen Osten und Europa miteinander. Als dann die Portugiesen China auf dem Seeweg erreichten, gerieten sie in Vergessenheit. Das war so um 1514.«

»Nur, dass heute keine Karawanen mit Seide und Gewürzen oder Stoffen auf Kamelen durch die Wüste schaukeln«, werfe ich nachdenklich ein.

»Für China ist es ein Projekt, das Milch und Honig fließen lassen wird. Konkret für Sicherheit, Frieden, Handel und Verständigung steht.«

»... und eine gewaltige geostrategische Bedeutung hat«, ergänze ich ihre Gedanken.

»Eben, aus diesen Gründen haben die Chinesen begonnen, Druck auf Kairo auszuüben, indem sie behaupten, wir unternähmen nichts, um einen Anschlag mit einer Bio-Waffe zu vereiteln. Sie hätten Erkenntnisse, wonach eine international operierende Organisation oder Gruppe einen Biowaffenanschlag auf die chinesische Führung plane. Diese Gruppe soll sich im arabischen Raum befinden und die Chinesen vermuten, dass die sich in der Wüste Sinai aufhält. Wenn wir nichts gegen diese Leute unternehmen und den Anschlag verhindern, werden sie den Suezkanal besetzen. Das jedoch ist Unsinn. Denn zugleich behaupten sie, dass diese Waffe erst noch getestet werden solle, bevor sie zum Einsatz komme. Dafür fehlt im Sinai die Infrastruktur. Wir würden es sofort mitbekommen, wenn sich dort verdächtige Aktivitäten entfalten würden.«

»Wie heißt die Gruppe oder die Organisation, um die es geht«, will ich wissen.

»Die Chinesen haben doch sicher den Namen genannt, wenn ihr gegen sie vorgehen sollt, oder?«

»Es sind die ›Boten der Neuen Welt‹.«

Kaum hat sie das ausgesprochen, steigt sowas wie ein Lavastrom in mir hoch. Mir wird heiß.

Silvana mit ihren Weltherrschaftsallüren. Mit Sicherheit ist einiges davon, was mir Shamira soeben erzählte, ein Fake.

Bluffen die Chinesen? Warum ist China ein Ziel für Silvana? Das ist eine Nummer zu groß für sie – noch. Sie erzählt der Welt, China sei ihr Ziel; es ist eine Falle. Eine Ablenkung. Gleichwohl, eines Tages wird es so kommen, dass sie China in ihre Pläne einbezieht und auf irgendeine Art und Weise angreift.

»Wie gesichert sind deine Informationen, die ihr von den Chinesen erhieltet? Sind die überprüft?«

»Nicht vollständig, nein«, antwortet Shamira beklommen und leise.

Inzwischen merke ich, wie mir bei diesen Gedanken an Silvana körperlich übel wird. Damals bin ich ihr und ihrer kognitiven Verhaltensänderung, die sie mir zuteilwerden ließ, nur knapp entronnen.

»Alexander, wir brauchen dich.«

»Wofür?«

Kapitel 9

»Ich bin in zwei Minuten zurück.« Ihre Handbewegung deutet an, zu warten. Shamira entschwindet. Vor den Fenstern der Villa schickt sich der Tag an, vollends zu sterben.

Dunkelheit verdrängt das Licht des Tages. In diesem Moment fühle ich mich so, als ob das Dunkel der Vergangenheit wieder hervor an das Licht drängt. Was haben die Chinesen mit Silvana und was hat Silvana mit Shamira, oder besser Shamira mit Silvana zu tun? Ist das nicht zu weit hergeholt? Eine Falle? Auf jeden Fall ist hier maximale Vorsicht angesagt, meint meine innere Stimme. Wie lange werde ich auf sie hören?

Na gut.

Warten wir es ab, was Shamira weiter zu sagen weiß.

Schnellen Schritts kommt Shamira mit einer Landkarte zurück, die sie auf dem Tisch ausbreitet.

»Das ist die Übersichtskarte des Seidenstraßenprojekts der Chinesen. Hier, die breite, blau gestrichelte Linie, stellt die maritime Seidenstraße dar.«

Ihr Zeigefinger folgt dem blauen Strich von China über Afrika bis nach Europa. Endstation irgendwo an Italiens Küste im Norden des Landes.

»Und das hier ...«, Shamira markiert mit einem roten Stift die Städte Suez und Piräus, »... sind die Dinge der Begierde.«

»Piräus, sieht auf der Karte aus wie der Brückenkopf in Europa nach der Überfahrt auf dem Mittelmeer«, äußere ich mich, ohne zu bemerken, dass ich es tatsächlich sage. Die Gedanken fließen.

Darauf erwidert Shamira nachdenklich:

»Was nützt den Chinesen denn dieser – wie du es nennst – Brückenkopf, wenn sie nicht sicher sein können, jederzeit und ungehindert durch unseren Kanal zu schippern. Ägypten, Israel, Syrien und die anderen Länder stellen eine rebellische Region dar. Jeden Tag könnten sie dort eine Überraschung erleben. Mal abgesehen davon, dass sich ein Containerschiff im Kanal mal quer legt.«

»Hat eure Regierung denen was angeboten?«, frage ich erregt zurück.

»Ja, wir haben es versucht. Im Gespräch waren die Beteiligung an der Betreibergesellschaft bis zur Variante, die Gesellschaft an die Chinesen zu verkaufen, unter der Bedingung, die staatlichen Interessen Ägyptens in der Zukunft zu akzeptieren. Sie sind nicht darauf eingegangen. Im Gegenteil. Die Antwort auf die Vorschläge unsererseits lautete stets, dass wir die Bedrohungen durch die ›Boten der Neuen Welt‹ unterbinden sollen. Einmal behauptete das chinesische Außenministerium gar, die Organisation handle in unserem Auftrag, was uns quasi zu den Tätern gemacht hätte, wenn der im Raum stehende Anschlag stattfinden würde. Was ja überhaupt nicht klar ist, ob solche Pläne existieren.«

»Wie lautet denn deren Angebot in dem Fall, wenn ihr auf irgendeine Art und Weise nachweislich diese Anschlagsaktion unterbindet? Wie soll es danach denn weitergehen? Glaubst du, dass die dann sagen: Fein, ihr habt einen Anschlag verhindert, alles bleibt beim Alten? Wenn ich mir die Karte so ansehe, können sie gar nicht anders, als den Suezkanal in ihren Besitz zu bringen. Er hat eine geostrategische Bedeutung. Nicht nur für China. Sicher ist, dass sich im Rahmen des Seidenstraßenprojekts andere Akteure darum reißen werden oder es in Zukunft tun.«

Während ich ihr das erläutere, gehe ich ein paar Schritte durch den Raum. Die Landkarte wie einen Spickzettel vor meinen Augen.

»Wenn wir es schaffen sollten, das alles zu verhindern, über was wir soeben sprechen, dann gehen sie mit uns eine Investitionspartnerschaft ein. Heißt, sie werden Mehrheitseigner und investieren; wir bleiben ein Minderheitsgesellschafter, der den Betrieb des Kanals organisiert und für dessen Sicherheit zuständig ist.«

»Natürlich.« Den Zynismus kann ich mir nicht verkneifen.

»Ihr sollt quasi die Drecksarbeit leisten, herausfinden, ob diese Pläne existieren und auch noch dazu verhindern. Also habt ihr nur die Wahl entweder zu beweisen, dass diese Pläne existieren und sie zerschlagen, oder schlüssig zu beweisen, dass alles von der chinesischen Seite eine Luftnummer war, nur um in den Besitz des Kanals zu gelangen. Andernfalls, wenn ihr nichts tut, werden sie diesen Vorwand nutzen, indem sie sagen, eine terroristische Organisation, welche die Lebensadern der freien Welt bedrohe, müsse zerschlagen werden und sie besetzen anschließend das Gebiet. Das wäre dann zwar eine kriegerische Handlung, doch wenn sie diese glaubhaft begründen und sich Verbündete in ihr Boot holen, durchaus eine Handlungsalternative. Ihr müsst zuerst herausfinden, ob die ›Boten‹ konkret hier in der Gegend aktiv sind und ob sie in der Lage sind, Derartiges auszuführen. Mein Gott, ich dringe schon zu tief in das Thema ein.«

Erschrocken breche ich meinen ungeplanten Wortschwall ab, den Shamira begierig mit der Frage aufnimmt: »Sind die Boten in der Lage, solche Anschläge zu planen und auszuführen? Genau für die Klärung dieser ersten Frage brauchen wir dich. Du kannst sie beantworten, denn du kennst den inneren Kreis oder Zirkel, je nachdem wie man ihn bezeichnen mag.«

Kapitel 10

In der opulenten Lobby ihrer alten Villa, die in dem noblen Berliner Vorort versteckt liegt, stehen wir uns gegenüber. Die Sonne ist nun verschwunden, am Horizont und durch die hohen Fenster fällt das das Licht des Mondes herein, das die kunstvollen Muster des Marmorbodens in einem mystischen Tanz aus Licht und Schatten verwandelt.. Um uns herum eine unheimliche Stille, nur unterbrochen von dem gelegentlichen Knarren des Holzes, als wollte das alte Gebäude an diesem Gespräch teilhaben.

Zweifelnd frage ich Shamira: »Ich soll Verrat begehen?«

»Nun, sagen wir einen positiven und nützlichen Verrat«, entgegnet sie mir.

»Das ist egal, Shamira. Positiv oder negativ, gut oder böse, Verrat bleibt Verrat. Ja, es stimmt, ich gehörte zu dieser Organisation und zu einem inneren Kreis, der für Europa tätig war oder auch noch ist. Vor diesem Hintergrund ist die Preisgabe von Informationen – denn Dokumente habe ich nicht, ist alles hier im Kopf.« Mit dem linken Zeigefinger tippe ich mir dabei an die linke Schläfe.

»Die Boten begreifen eine solche Handlung sofort als Vertrauens- und Treuebruch. Weißt du, warum? Weil ihre Gemeinschaft, insbesondere ihre Führung, diese Handlung als eine Überschreitung der Grenzen ihres Norm- und Wertegefühls begreift. Selbst dann, wenn ich dort nicht mehr aktiv bin. Nur mit der Zusicherung, nichts zu offenbaren, haben sie damals meine Verfolgung eingestellt. Das alles hat überhaupt nicht mit dem Verpetzen auf dem Schulhof zu tun. Das ist größer. Verstehst du, was ich meine?«

»Du verstehst nicht«, entgegnet Shamira. Ihre Stimme ist ruhig, doch unter der Oberfläche schwingt eine Dringlichkeit mit.

»Die Informationen, die du besitzt, könnten uns helfen, Hunderte, vielleicht Tausende von Leben zu retten, eventuell gar einen Krieg zu verhindern. Wir reden hier nicht über Politik oder Machtspiele. Es geht um unschuldige Menschen, die – wenn alle Informationen zutreffen – durch eine Biowaffe getötet werden.«

In dem Moment spüre ich, wie die Worte wie Eiswasser in meinen Adern zirkulieren. Ich weiß, wovon sie spricht. Die Geheimnisse, die ich in mir trage, sind gefährlich; Wissen, das die

Welt brennen lassen kann, wenn es in die falschen Hände gerät. Doch in den richtigen Händen ... Was sind die richtigen Hände? Alle Überlegungen lassen die Zweifel nicht kleiner werden.

»Ich habe einen Eid geschworen«, meine Stimme ist kaum mehr als ein Flüstern. »Einen Eid, die Informationen, die mir anvertraut wurden, zu schützen. Was du von mir verlangst ... Es fühlt sich an wie Verrat.«

Shamira tritt vor mich, ihre Augen suchen meine.

»Und was ist mit dem Eid, den du der Menschheit gegenüber hast? Dem Schutz unschuldiger Leben? Wo ziehen wir die Grenze, Alexander? Wo endet die Pflicht und wo beginnt das Gewissen?«

Meinen Gedanken lasse ich nun fortan freien Lauf. Der Blick aus dem Fenster auf den mittlerweile dunklen Garten, der nur durch einige Lichtreflexe, die aus der Nachbarschaft herüberfliegen, der in ein schummriges Licht getaucht wird. Kann auch sein, dass es die Wolken sind, die das Licht des Monds rhythmisch wie Morsezeichen unterbrechen.

»Vermutlich gibt es keine Grenze, zumindest keine klare Abgrenzung zwischen dem Gemeinwohl und dem Wohl des Individuums, dem Verräter.« Es gilt sich zu entscheiden. Wieder einmal.

Die Optionen wende ich im Herzen hin und her. Das Ergebnis ist immer identisch: Verrat bleibt Verrat. Aus dem Verräter wird nie ein Held. Selbst wenn er irgendwann mal ein Held war, durch den Verrat wird er zum Täter.

So sind beide, der Held und der Verräter, und deren Handlungen ständigen Umdeutungsprozessen ausgesetzt. Dem Verrat könnte man einzig eine positive Seite abgewinnen: Durch den Verrat treten die verletzten moralischen Grenzen in das Bewusstsein der Gesellschaft. Was fängt denn die Gesellschaft mit dem neuen Bewusstsein an und überhaupt, erkennt sie es als Bewusstsein, als Fragestellung oder legt sie es als alltägliches Geplänkel beiseite? Zu einem Entschluss komme ich im Moment nicht.

»Was wird denn die öffentliche Meinung, wenn sie von dem Verrat erfährt, aus mir machen? In welche Kategorie ordnet sie mich später ein?

Bin ich dann ein politischer Whistleblower, der moderne Verräter des 21. Jahrhunderts, der durch seine Handlung beweist, dass Verrat zu einem festen Bestandteil der Kommunikation geworden ist? Mit Sicherheit werde ich nicht als Deserteur bezeichnet, denn einen Befehl habe ich nicht verweigert. Von Landesverrat und Fahnenflucht brauchen wir nicht zu reden.

Bliebe der Spion. Von den genannten Arten offenbar die schlechteste.

Zwar mache ich das Wissen der 'Boten der Neuen Welt' anderen Mächten zugänglich, doch bleibe ich weiterhin für euch suspekt. Selbst dann, wenn durch mich die Welt gerettet werden würde. Meine Handlungen waren und sind ja verborgen. Ein Täter bleibe ich weiterhin, selbst dann, wenn mein Verrat Bestandteil einer heldenhaften Handlung ist.«

»Es ist denkbar anders.« Unbemerkt hat sich Shamira an meine Seite gestellt. Ein kleiner Schreck durchfährt mich, denn ich habe sie nicht bemerkt.

»Was sollte anders sein?«

»Nun, ...«, antwortet mir Shamira, ohne mich dabei anzusehen, »... es könnte sein, wie Schopenhauer es einmal ausdrückte, dass die Wirklichkeit das Ergebnis unserer Kommunikation ist, wenn du so willst, dass durch deine Handlungen eine neue Wirklichkeit entsteht, an der du einen gehörigen Teil mit gebaut hast.«

»Klingt sehr philosophisch, Shamira.«

»Ist denn die Philosophie nicht Bestandteil des Lebens, selbst dann, wenn wir nicht unmittelbar auf sie zurückgreifen oder wir uns ihrer Lehren hingeben? Immerhin ist sie bewusst oder unbewusst unser Kompass, wenn wir verstehen, sie zu deuten, und mit ihr umzugehen.«

Darüber lohnt es sich mal tiefgründiger nachzudenken, kommt mir spontan in den Sinn.

»Auf diesem Planeten, einem winzigen Punkt im unendlichen Ozean des Universums«, fährt Shamira mit ihren Ausführungen fort, «... ist das große Ziel des Daseins die Fortsetzung des Lebens selbst. Generation um Generation. Seit Milliarden von Jahren. In diesem unaufhörlichen Fluss der Generationen spielt das Individuum eine unbedeutende Rolle. Ja, es ging und geht nie um den Einzelnen, nur um die Biomasse in ihrer Gesamtheit. Sie ist die Basis des Lebens auf dem Planeten. Jedes Wesen, jede Seele ist nicht mehr als ein Tropfen in einem unermesslichen Ozean, ein einzelner Faden in einem Gewebe.

Und doch ist jede dieser unscheinbar unbedeutenden Lebensformen von entscheidender Bedeutung. Denn in jeder einzelnen Zelle, jedem einzelnen Lebewesen schlägt das Herz des Lebens selbst. Jedes Individuum trägt das unermessliche Potenzial in sich, das Schicksal seiner Art zu beeinflussen. Den Lauf der Welt, der Natur zu verändern und das ewige Band des Lebens weiter zu knüpfen.«

Geduldig und beeindruckt höre ich Shamiras Ausführungen an. Auf ihre Art hat sie recht.

»Doch da gibt es ja nicht etwas anderes«, füge ich leise und nachdenklich hinzu. Da ist unser ewiges Streben, an irgendeinem Ort hinzugehen. Sei es an einen anderen Ort, sei es zu einer anderen Gemeinschaft. Wir sind auf der Suche. Wir können uns an verschiedenen Orten aufhalten, verstecken, ja selbst neue Orte entstehen lassen, all das können wir. Gutes oder Schlechtes können wir tun. Menschen nützen oder schaden. Dann verschwinden nach unseren Taten.

Irgendwohin.

Der Dichter Hardenberg fragte einmal in einem seiner Werke danach, wo wir denn hingehen, und antwortete zugleich darauf, dass wir nach Hause gehen, immer nach Hause.

Unser zu Hause ist kein Ort; zu Hause ist die Erinnerung. Erinnerungen sind zugleich die Einrichtungsgegenstände, zwischen denen und mit denen wir uns wohlfühlen wollen. Das ist der Maßstab, nach dem wir handeln. An jenem Abend, an dem Du mich auf der Terrasse des Hotels in Kairo ansprachst, erinnerte ich mich. An eine Person, die ich vor dir traf. All die Abläufe, die chemischen Reaktionen in unserem Körper sind weiter nichts als die Folgen der Erinnerungen. Wir spiegeln uns eben in dem anderen. Ich werde jetzt in mein Haus fahren. Das

Haus mit der Nummer 26 in einer unbedeutenden Straße. Mir einen kräftigen Kaffee kochen, mich in mein Schreibzimmer setzen, eine Zigarette anzünden und – schreiben.

Diesmal werde ich aufschreiben, wie alles kam, wie es war und was heute oder morgen sein wird, weil du mich darum gebeten hast.«

Und Sie, lieber Leser?

Sie werden es erfahren, nachdem ich alles im zweiten Teil aufgeschrieben habe.

Mögen Sie warten?